JAROSLAV SEIFERT



# Gewitter der Welt

## Vom süßen Unglück, ein Dichter zu sein

Übertragen von Hermann Buchner
Illustrationen von Irena Ráček

von Loeper Verlag

Originalausgabe:

Jaroslav Seifert
Býti básníkem
Československý spisovatel
Prag, 1983

CIP-Kurztitelaufnahme
der Deutschen Bibliothek

Seifert, Jaroslav
Gewitter der Welt

Rechte an dieser Ausgabe
für die Bundesrepublik Deutschland und Schweiz:



Druck:
Niederösterreichisches Pressehaus Druck- und Verlagsgesellschaft mbH,
A-3100 St. Pölten, Gutenbergstraße 12

Umschlagfoto: dpa/UPI

Bindung:
Großbuchbinderei Spinner,
D-7583 Ottersweier

ISBN 3 88652 073 0

# INHALT

## VORWORT

Der große alte Mann der tschechischen Literatur des 20. Jahrhunderts, Jaroslav Seifert, ist durch die Auszeichnung mit dem Nobelpreis für Literatur 1984 plötzlich ins Rampenlicht der Weltöffentlichkeit gerückt.
Im deutschen Sprachraum so gut wie unbekannt, erfreut sich Seifert in der Tschechoslowakei einer ungeheuren Popularität, und das seit mehr als zwei Generationen. Wenn man bedenkt, mit welch bescheidener Flamme hierzulande die Begeisterung für Lyrik brennt, so ist es geradezu unvorstellbar, welche Liebe und Verehrung ein Dichter in seinem Land genießen kann. Seit 1921 („Stadt in Tränen“) veröffentlichte Seifert 33 Gedichtbände mit einer geschätzten Gesamtauflage von mehr als einer halben Million. Woher kommt diese Beliebtheit?
Jaroslav Seifert ist am 23. September 1901 in Prag geboren. Er liebt diese Stadt und ist ihr ein Leben lang treu geblieben. In den zwanziger Jahren zählte er zur Avantgarde der tschechischen Lyrik, er ist Mitbegründer der Künstlervereinigung „Devětsil“ (wörtlich: Neunkraft) und ein prominenter Vertreter des Poetismus.
In seinem langen literarischen Leben hat er so gut wie alle Versformen benützt, von der traditionellen Volksliedstrophe bis zu den kompliziertesten Formen wie Terzine oder Sonett. In den Jahren der Reife jedoch, seit etwa zwei Jahrzehnten, entfernt sich der Autor immer mehr von dem „Gerümpel aus Metaphern und Reimen“, wie er die Kunstsprache der Lyrik nunmehr nennt. Das Wort des Dichters ist seither schlicht und direkt, fast schmucklos. Natürliche, selbstverständliche, einfache Verse, die der Alltagssprache nahekommen.
Den Inhalt von Seiferts Lyrik bilden die ewigen Themen der Kunst: Die Liebe, der Tod, die Schönheit. Bis ins hohe Alter beschäftigt ihn aber auch seine Liebe zur Heimat, zur Musik und – zu den Frauen. Den moralischen und ideologischen Standpunkt des Dichters, den er in den sechs Jahrzehnten seines Schaffens aufrecht hielt, beschreibt am besten sein Landsmann Ota Filip: „Jaroslav Seifert ist ein tapferer Mensch, der stets auch mit seinem Werk an der Seite derer stand, die unterdrückt, ausgebeutet und im Getriebe

der gesellschaftspolitischen Mechanismen zerrieben wurden, ob sie sich nach links oder nach rechts drehten, war ihm egal."
Damit erübrigt sich auch die Frage, die nun in Ost und West immer wieder auftaucht, ob Seifert ein politisch engagierter Schriftsteller sei: Er war Zeit seines Lebens auf der Seite der Menschlichkeit, er war immer eine moralische Stütze für alle „Erniedrigten und Beleidigten", gerade auch in Zeiten, wenn seine Heimat in großer Bedrängnis war.
Im vorliegenden Band, seinem vorläufig letzten Werk, hinterläßt uns Seifert gewissermaßen sein Vermächtnis. Er zeigt noch einmal die geliebtesten Plätze seines Lebens, er reflektiert über den Sinn des Lebens, über die Sinnlosigkeit des Krieges, über Mozart, und bis zuletzt über die Frauen. Es ist die Frucht eines reichen, langen Lebens.
Aufrichtigen Dank schulde ich allen, die beim Zustandekommen dieses Buches mitgeholfen haben: Milan Ráček für die Übersetzungshilfe, Dalibor Plichta (Prag) für die exzellente künstlerische und biographische Beratung, Prof. Günther Wytrzens für die freundliche und wissenschaftliche Unterstützung, Frau Dir. Kocour und Herrn Dr. Navrátil (Dilia, Prag) für die rasche und unbürokratische Abwicklung der Copyright-Verhandlungen, Herrn Kultur-Attaché DDr. Lorenz an der Österreichischen Botschaft in Prag für die Herstellung der nötigen Kontakte, und schließlich meiner Familie für viel Verständnis während meiner Arbeit an dem Buch.
Möge dieses Buch, das durch die Auszeichnung Seiferts mit dem Nobelpreis plötzlich eine Aktualität von Weltrang gewonnen hat, dazu beitragen, daß wir uns wieder mehr mit unserem wichtigen Nachbarn, der Tschechoslowakei, beschäftigen. Wir dürfen vermuten, daß durch die hohe Auszeichnung nicht nur der Dichter selbst, sondern seine Leser, also das ganze Volk der Tschechen, geehrt werden sollte. Smetana und Dvořák haben der tschechischen Musik einen fixen Platz in unserem Kulturspiegel verschafft. Der Zugang zur Literatur des Nachbarn scheint weniger leicht zu sein. Vielleicht wäre Seifert ein guter Beginn.

*Hermann Buchner*

*Schloß Stoitzendorf, im November 1984*

JAROSLAV SEIFERT, Nobelpreisträger für Literatur 1984

## BÝTI BÁSNÍKEM (Original von DICHTER SEIN)

Život už mě dávno naučil,
že hudba a poezie
jsou na světě to nejkrásnější,
co nám život může dát.
Kromě lásky ovšem.

Ve staré chrestomatii,
vydané ještě c. k. knihoskladem,
v roce, kdy zemřel Vrchlický,
vyhledal jsem pojednání o poetice
a básnických ozdobách.

Pak jsem si dal do sklenky růžičku,
rozžal svíčku
a počal psát své první verše.

Jen vyšlehni, plameni slov,
a hoř,
ať si třeba popálím prsty!

Překvapivá metafora je víc
než zlatý prsten na ruce.
Ale ani Puchmajerův Rýmovník
nebyl mi nic platný.

Marně jsem sbíral myšlenky
a křečovitě zavřel oči,
abych zaslechl zázračný první verš.
Ve tmě však místo slov
zahlédl jsem ženský úsměv a ve větru
rozevláté vlasy.

Byl to můj vlastní osud.
Za ním jsem klopýtal bez dechu
celý život.

## DICHTER SEIN

Längst hat mich das Leben gelehrt,
Musik und Poesie
sind das Schönste,
was uns die Welt schenken kann.
Außer der Liebe freilich.

In einer alten Chrestomatie,
die im Todesjahr von Vrchlicky
noch in einem k. u. k. Verlag erschienen ist,
fand ich eine Abhandlung über Poetik
und dichterische Mittel.

Darauf steckte ich in ein Glas eine kleine Rose,
zündete eine Kerze an
und begann meine ersten Verse zu schreiben.

Nun entzünde dich, Flamme der Worte,
und brenn,
und wenn ich mir die Finger verbrenne!

Eine überraschende Metapher ist mehr
als ein goldener Ring am Finger.
Aber nicht einmal das Reimbuch von Puchmajer
hat mir geholfen.

Vergeblich sammelte ich die Gedanken
und schloß krampfhaft die Augen,
um den wunderbaren ersten Vers zu hören.
Anstatt der Worte jedoch
erschien mir in der Dunkelheit
das Lächeln einer Frau
und im Winde wehendes Haar.

Das war mein Schicksal.
Ich bin ihm hinterher gestolpert
ein Leben lang.

## VERSE NACH EINEM GOBELIN

Prag, die Stadt!
Wer sie nur einmal sah im Leben,
dem klingt ihr Name immer
im Herzen wie ein Lied.
Sie selbst ein Lied, verwoben in der Zeit, –
wir lieben sie.
Erklinge nun!

Meine ersten, noch glücklichen Träume
flimmerten über ihren Dächern
wie fliegende Untertassen,
und verloren sich, weiß Gott wohin,
als ich noch jung war.

Einmal drückte ich mein Gesicht
gegen den Stein einer alten Mauer
irgendwo unter der Burg.
Da ertönte mir plötzlich
ein düsteres Dröhnen.
Das war das Donnern der fernen Jahrhunderte.
Aber der warme, weiche Stein
vom Weißen Berg
flüsterte mir freundlich ins Ohr.

Geh, du wirst bezaubert sein.
Sing, du hast Hörer.
Und lüge nicht!

Ich ging und habe nicht gelogen.
Bloß für euch, meine Liebsten,
ganz wenig.

## DIE JUNGFRAU MARIA VOM ŽIŽKA-BERG

Als endlich der Mai gekommen war,
und der Frühling sich seine blumigen Strahlen
auf den Dächern der Zinskasernen beschmutzte,
sank meine Mutter auf das Steinpflaster
der Kirche des hl. Prokop
und betete zur Jungfrau Maria.
Im Mai war sie ihr am nächsten.

Hingebeugt vor ihrem Altar
glich sie einem Bündel alter Kleider,
das jemand dort zurückgelassen hatte.
– Ich bitte für dich, du Undankbarer!
Und ich lächelte innerlich.

Latein hatte ich gern in der Schule,
wir lasen Vergil.
Es läuteten mir im Kopf
die Rhythmen der römischen Dichter.
Da begann ich auch, Verse zu schreiben.
Ich ging und ich sang.
Leise und falsch.

Mathematik habe ich gehaßt.
Und wenn wir eine Schularbeit schreiben mußten,
hatte ich Angst
und wälzte mich in der Nacht
von einer Seite auf die andere.

Manchmal dachte ich ans Beten,
verwarf jedoch diesen Einfall gleich wieder.
Es wäre eine Schande,
den Himmel zu Hilfe zu rufen.
Bis ich einmal schlagartig erkannte,
was Grauen ist.
Das Grauen des Grauens.

Ich erinnerte mich an die Frömmigkeit meiner Mutter
und sagte mir berechnend:
Was wäre, wenn . . .!
Und schon schlurfte ich die kalten Stufen
zur Kirche hinauf,
zum Altar voller Lilien.
Diesmal allerdings wurde mir ihr Duft bitter,
als ob ich auf der Zunge
die Milch von Löwenzahn hätte.

Sogleich bat ich die Jungfrau,
sie möge sich erbarmen!
Sie möge sich erbarmen und Fürbitte leisten
für die, die ich liebe,
die noch keine achtzehn Jahre ist,
die umhergeht wie ein Häufchen Elend,
nicht ißt und nicht schläft,
unglücklich ist und weint,
und lieber sterben würde,
als, verhüt es Gott, in andere Umstände zu kommen.

Die Statue der Jungfrau blickte mir
unverwandt in die Augen.

Nach einigen Tagen jedoch
dufteten die Blumen auf dem Altar wieder
wie früher.

Und ich fühlte auf meinen Lippen wieder
den Geschmack glücklicher Küsse.

## DEMOLIERUNGSBERICHT

Für Václav Šmejkal

Es schien, als ob das Haus niederknien
und um Gnade bitten wolle.
Aber die weiß getünchte Treppe zum Dachgeschoß,
über welche mich ein hölzernes Geländer
geleitet hatte
zu meiner allerliebsten Tür,
war schon eingestürzt
wie die zerschellte Tafel der Zehn Gebote.

Und den Brunnen meiner Kindheit,
in einem Winkel ganz nah,
durchlief ein leises Zittern,
wie eine saitenlose morsche Harfe –
und kurz darauf war er verdeckt
von einer dunklen Wolke.

Augenblicklich entfachte die Detonation
meine leicht entzündlichen Erinnerungen.
Wie mit Benzin übergossen
schossen sie hoch,
und als ich von dort wegeilte,
liefen sie mir nach.

Ein paar Schritte weiter stand die „Fliederlaube",
wo auch getanzt wurde.
Über dem Eingang hing ein roter Vorhang
mit goldener Bordüre,
und die Säulen waren mit Papierrosen umwunden.
Ab und zu wurde auch im Garten gespielt,
die Musik war dann weithin zu hören,
selbst hinter geschlossenen Fenstern.

All das ist schon lange weg,
der Teufel hat es geholt.
Die Zeit des Tanzes ist zum Glück noch nicht vorbei,
das Lied klingt noch.
Auch du, meine Liebe, bleib bei mir
und lächle.
Und schenk mir dein Lächeln
bis zum Tod.

## DER RETRANSLATIONSTURM

Für Vladimir Justl

Es ist Herbst. Über der Terrasse des Weinbergs
fliegt ein einsamer Schmetterling
und sucht unter den schweren Trauben
eine einsame Blume.
Ich weiß nicht, wie das anderswo ist,
aber bei uns
lieben die Dichter die Reben.

Ich war töricht und jung,
manchmal kam ich erst spät nach Hause.
Ich trieb mich noch eine Weile
in den Gäßchen der Altstadt herum.
Und während auf den Gehsteigen
die leichten Mädchen lockten,
sagte ich mit halber Stimme
Liebesverse vor mich hin,
und es war mir, als irrte ich
zwischen den Sternen vertrauter Gestirne
in einer strahlenden Galaxis.

Aus unserem sorglosen Leben
flogen die Nächte davon
wie verwelkte Rosenblätter
und fielen in die dunklen Pforten der Vergangenheit,
von wo sie zurückkehrten
als durchsichtige Erinnerungen.

Ich glaubte, daß die Poesie
stets feiertäglich
über mich wache wie ein Schutzengel,
der an meiner Seite geht durch dick und dünn,
barfuß.

Schon damals sollte ich in die Knie sinken,
unten, auf der Erde,
wo mein Platz war.
Er hat wohl Tag und Nacht gewacht,
aber blind.

Manchmal ging ich
über den frühlingshaften Laurenziberg nach Hause.
Die Gärten waren auch nachts geöffnet,
und ich begegnete Liebespaaren.

Es war in der Früh, mitten im Frühling,
als ich mich müde
auf einer taunassen Bank
unter einer Laube aus frischem Duft niederließ.

Vor meinen Augen war ein geliebtes Bild:
Hinter einem flaumigen Nebelvorhang,
der in der Morgendämmerung langsam feucht wurde,
erschien der Dom und die Burg.
Auf der Burg schlief noch alles.

Den Kopf auf den Arm gestützt,
betrachtete ich einen blühenden Baum
ein paar Schritte weiter.
Die Rose blühte noch nicht,
und es gab noch keinen,
für den die Nachtigall singen sollte.

Da fielen mir Verse ein,
über die ich schon früher nachgedacht hatte.

Der erste Vers meldete sich leise,
dann der zweite,
der dritte und
der vierte spann sich fort im Lied,
verbunden mit einer eleganten Spange
funkelnder Reime.

Es war ein Lied für Dich, meine Liebe,
und es war schöner als die Perlenkette,
die Du dreifach um Deinen Hals geschlungen hattest.
Und ich wollte es Deiner geduldigen Liebe
als Morgengabe
auf die Knie legen.

Als das Lied zu Ende war,
erhob ich mich rasch
und eilte die Mauern entlang
zu mir nach Hause,
zwischen Heckenrosen
und dem Drahtgeflecht der Gartenzäune,
an dem Retranslationsturm vorbei,
der in mein Fenster blickt.

Eilig setzte ich mich an den Tisch
und griff zur Feder.
Aber, mein Gott!
Es fiel mir kein Wort mehr ein!

Und die Verse jenes zauberhaften Morgens
suche ich bis heute.

## DIE KORALLEN-OHRRINGE

Alles, was uns verläßt
und in die Vergangenheit fällt,
verliert unterwegs viel
von seinen Eigenschaften.
Das Böse verblaßt, die Sünde wird vergessen,
der Wein wird sauer,
und die unter dem Himmel haftenden Küsse
werden zum Lied.

Als ich mich nach deinen Armen sehnte,
habe ich Verse erdacht.
Ich ging im Zimmer auf und ab
uns sprach sie ins leere Fenster.
Ach, diese Verse!
Sie waren nicht sehr klug,
doch voll unwiderstehlicher Sehnsucht
und leidenschaftlicher Worte.

Du hast mir den Mund zugehalten,
damit ich schweige,
und grimmig verteidigtest du
deine überraschten Ohren,
während ich schon mit meiner Zungenspitze
in ihren rosigen Fältchen irrte
wie in einem Labyrinth.

Ich schlief auf deinem Herzen
und atmete unersättlich den Duft
deiner heißen Haut.

Die allergeheimsten Träume,
die den Schlafenden in der Dunkelheit umfangen,
hatten die Farbe deiner Augen.
Sie waren blau.
Und auf meine Stirn rollten sachte
die feuchten Korallen deiner Ohrringe
wie Tropfen von Siegellack.

Wenn ich heute mein altes Gesicht
in meine Hände lege,
fühle ich deutlich die Konturen
meines eigenen Schädels.
Nie zuvor hatte ich darüber nachgedacht
und den Kopf in die Hände gelegt.
Es gab keinen Grund.

Und aus der schrecklichen Sehnsucht, zu sein,
selbst ohne Freude, selbst ohne Hoffnung,
wachsen ständig die schwarzen Flügel
der Angst vor dem Nichtsein.

Doch wenn ich wirklich sterbe,
wird sogar aus der stillen Erde
dir noch entgegenschluchzen
meine Liebe.

## LIED AUS EINEM ZWISCHENSPIEL

Wenn mich jemand fragte,
was ein Gedicht sei,
wäre ich ein paar Sekunden verlegen.
Und ich weiß es doch so gut!

Immer wieder las ich die toten Dichter,
und von Zeit zu Zeit
leuchteten mir ihre Verse auf dem Weg
wie eine Flamme in der Finsternis.

Das Leben geht aber nicht auf Zehenspitzen,
manchmal schüttelt es uns
und trampelt.

Oft tappte ich nach Liebe,
wie ein Blinder,
dessen Hand an den Zweigen der Apfelbäume
die Rundung der ersehnten Früchte sucht.

Und ich kenne Verse,
mächtig wie eine Beschwörung der Hölle,
die sogar die Tore des Paradieses
aus den Angeln heben.
Ich flüsterte sie den überraschten Augen.

Wie könnten diese Verse nicht die schwachen Hände
erheben, die ängstlich
die Umarmung der Liebe schließen!

Wenn aber jemand meine Frau gefragt hätte,
was Liebe sei,
hätte sie wohl zu weinen begonnen.

## DAS BOMBARDEMENT DER STADT KRALUPY

### KRALUPY IST KEINE SCHÖNE STADT

Kralupy ist keine schöne Stadt
und war es auch nie.
An ihren Rändern wuchsen Schlote
wie ungeheuerliche Baumalleen ohne Äste,
ohne Blätter, ohne Blüten, ohne Bienen
und ohne Vögel.

Wer aus dem Zug ausstieg,
atmete noch auf dem Trittbrett
den süßlichen Geruch
der Maggifabrik ein.
Sie war in der Nähe des Bahnhofs.

Ich aber eilte geradewegs
zu jener stillen Tür,
wo mich so manche Umarmung erwartete,
in die ich mich glücklich sinken ließ.

Noch heute – und das ist viele Jahre her –,
wenn ich die Augen schließe
und gegen die dünne Dunkelheit meiner Lider blicke,
erscheinen mir die lächelnden Gesichter
derer, die ich einst geliebt.
Sie sind jedoch schon blaß
wie das Licht der Sterne an einem Winternachmittag,
wenn die Dämmerung anbricht.

Gegen Abend und vor allem vor einem Regen
schlossen die Menschen die Fenster.

Auf die Stadt fielen Rußflocken,
und in die Straßen zog der Rauch,
dem Herbstnebel ähnlich,
doch bis an die Zähne bewaffnet.

Bis heute blühen dort für mich,
sogar am Stacheldraht, die Heckenrosen.
Man muß nur ein wenig innehalten
und leise seufzen.

## DER KERZENLEUCHTER

Weiß Gott, wohin der Kerzenleuchter kam,
den sich meine Mutter aus Kralupy mitgebracht hatte.
Er war aus einer Granatenhülse gemacht
während des Ersten Weltkriegs,
und all die Jahre
stand er zu Hause auf dem Schrank.

Als uns daheim das Petroleum ausging,
leuchteten wir mit einer Kerze,
und die rauchte.

In ihrem bescheidenen Licht
schrieb ich meine ersten Verse.
Und wenn die Unseren schlafen gingen,
las ich, solange sie brannte,
Liebesromane.

Ihre zitternde Flamme
ward mir zum unwiderstehlichen Irrlicht.
Das lockte mich aus der Schulbank,
zumindest im Träumen,
in die schimmligen Gäßchen von Prag,
wo man mit der Liebe flott machte.

Ich hatte aber Angst.
Sie waren geheimnisvoller
als die heimtückischen Moore der Iser
in ihrem Quellgebiet,
wo sogar ein tapferer Reiter versunken war
mitsamt seinem Pferd.

Immer wenn die Mutter den Leuchter polierte
mit einem samtigen Lappen,
schien es mir, daß sie dabei seufzte.
Ich fragte nicht, warum.
Später bin ich daraufgekommen.
Es sollte nie wieder zu einem Krieg kommen.

Und trotzdem kam wieder einer!

## DER KASCHMIRSCHAL

Schon lange wachsen keine Maiglöckchen mehr
in den Wäldern von Kralupy,
wie in meiner Jugendzeit,
als ich mich verliebte
in die jüngste Schwester meiner Mutter.
Sie war um einige Jahre älter
und sie war schön.
So sagten damals manche.

Ich wußte so wenig von den Frauen,
und doch kreisten meine Gedanken in einer Irrfahrt
ununterbrochen um die Weiblichkeit.
Sie aber ging an mir vorbei
und immer lächelte sie nur leise,
aber nie hat sie mir in die Augen geschaut,
die mir brannten,
während das Blut leise explodierte
in meinen Adern.

Wie oft habe ich die Hände ausgebreitet,
um wenigstens die Luft zu umarmen,
durch die sie soeben gegangen war,
als sie ihr süßes Lächeln
ins Nebenzimmer trug.

Oft habe ich mir freiweg gewünscht,
sie wenigstens im Traum
nackt sehen zu dürfen.
Oder mindestens bis zur Taille enthüllt,
um meine noch ratlosen Lippen
nahe an ihre rosigen Schatten
neigen zu können.

Wenn sie manchmal kurz weglief
und ihren Kaschmirschal
über die Sessellehne warf,
drückte ich ihn an mein Gesicht
und saugte ihren Duft ein.

Am Ende der Ferien fuhr ich
zurück nach Prag.
Beim Abschied gab sie mir die Hand,
und ich nahm sie vorsichtig in die meine,
wie eine zerbrechliche Orchidee.

Schon lange wachsen keine Maiglöckchen mehr
in Kralupy.
Schon lang nicht mehr.

## DER KORSO VON KRALUPY

Der Zakolansky-Bach war ein Hindernis
in der Stadt und stank.
Der Himmel konnte es nicht ansehen.
Er führte jegliche Abwässer,
und die in seiner Nähe wohnten,
warfen alte Töpfe
und verreckte Katzen hinein.

Der häßliche und arme Bettler Paplham,
der als Kinderschreck galt,
sammelte auf den Müllhalden der Stadt
alte Lumpen,
die mit Schweiß und Tränen
und mit Blut befleckt waren.
Die Leute wurden sie gern los,
oft, um ihre Erinnerungen zu zertreten.
Im Bach wusch sich der Bettler auch die Füße.

Als sie in Kralupy die Brücke bauten,
mauerten sie den Bach zu.

Aber seit dem Tag,
als das Wasser zwischen den Steinen verstummt war,
hörten die Vögel auf den Bäumen
entlang des Baches
zu singen auf.

Von der Kirche, über den ganzen Platz,
vorbei an der Buchhandlung Nývlt
– ich sehe noch das Schaufenster
und im Glas mein eigenes Gesicht –
und von dort fast bis zum Bach
erstreckte sich der Korso von Kralupy.

Den gleichen Weg schritt auch der Herr Pfarrer
unter dem Baldachin im weißen Ornat
zu Fronleichnam,
und seine extra polierten Schuhe
zertrampelten erbarmungslos die Blüten,
die ihm die Mädchen auf den Weg warfen.

Mit einem Kopf voll vergoldeter Pläne
und mit Versen,
die ich im Gehen flüsterte,
widmete ich dem Korso schüchtern
die Schritte meiner Sehnsucht.

Mein Freund, der Schauspieler Spal,
pflegte im Winter von der Palacky-Brücke
die Schwäne zu zählen am Fluß.
Ich habe im Leben nichts gezählt,
weder Schwäne, noch Tage, noch Nächte,
noch Geld.
Heute besteht das Leben nur aus Zahlen,
aber was hätte ich damals zählen sollen?
Die Regentropfen?
Oder die Saiten in meinem Innern,
von denen die Dichter oft schreiben?
Gerade griffen nach ihnen
die Finger der ersten Sehnsucht.

Oder vielleicht die Küsse?
Davon gab es damals nur wenig.
Oder vielleicht das scheue Lächeln der Mädchen?
Ach ja!
Lächeln auf Lächeln,
bis der Wind sie alle vertrieb.

Wenn aber das Mittagläuten begann,
lief ich nach Hause und schrieb
den ganzen Nachmittag
im Schweiße meines Angesichtes
Verse.

Nur ein Stück jenseits des Flusses
war Herr Halek geboren, der Dichter.
Wenn der verliebt war,
schüttelte er Liebesgedichte
aus den Ärmeln seines Schnürrocks.

Auf die Schwelle der Liebe,
die meinen Weg kreuzte,
legte ich diese Botschaft:
– Ich weiß genau,
daß meine Verse kärglich sind.
Wenn Ihr sie lest,
flehe ich bei Euren Augen,
daß Ihr mir nicht gram seid.

Zu meinen bescheidenen Liedern
band ich mit einer Silberschnur
diese Rose.
Wenn Ihr mit Euren Lippen
ihre feuchte Blüte berührt,
küßt Ihr Eure eigene Schönheit.

Als ich am Tag zuvor die Blüte abgeschnitten hatte,
mußte ich von ihren rosigen Blättern,
die sich so lieblich entfaltet hatten,
daß mich ein Zittern überlief,
eine abscheuliche Rußflocke wegblasen.

## NACHTALARM

Der Krieg verstärkte in den Nächten die Dunkelheit
und am Tag die Angst.
In jedem Winkel hing ein Schwert,
drohte ein Maschinengewehr,
hockte das Grauen.
Die Revolver waren wie lauernde Ratten,
die hungerten.

Ich wartete in Kralupy auf einen Zug.
Es war das fünfte Jahr des Kriegs,
und in der Stille des Schwalbenabends
ging ich durch die Stadt.
Die Personenzüge fuhren in der Dunkelheit,
wenn ihnen aus den weißen Wolken
keine Tiefflieger mehr drohten.
Die Stadt bereitete sich zum Schlaf.

Die Uhr hatte noch nicht zehn geschlagen,
als die Sirenen aufheulten.
Ich eilte, meine Angst in einem Tunnel
unter dem Viadukt zu verstecken.

Wir wohnten damals ganz in der Nähe,
in der Sokolstraße,
und als Bub hatte ich in diesem Teil der Stadt
ein merkwürdiges Erlebnis.

Aus dem Tunnel taumelte
mit seinem Sack voll stinkenden Unrats
der Bettler Paplham.
Er war betrunken,
und jemand warf ihm einen Stein nach.

Der Bettler blieb stehen und erhob drohend die Faust,
nicht nur gegen den Angreifer,
sondern rundum gegen die ganze Stadt,
und mitten auf dem Marktplatz
sprach er seinen Bettlerfluch:

– Sie soll zusammenstürzen in ihre dunklen Keller,
und nicht bloß in die Keller,
sondern in noch dunklere Verzweiflung
bis an den Grund ihrer Tränen!
Feuer, Feuer, Feuer, Feuer
soll sich von der Höhe des Himmels
auf die Stadt herniederstürzen,
wie brennende Flügel von hungrigen Geiern
auf einen frischen Kadaver,
und ihre Verwüstung vollenden!
Amen.

Von den Schwellen der Habsucht
war der Bettler schon längst gegangen
in andere Reiche,
aber sein Fluch haftete
wie ein schwarzes Mal zwischen den Wolken,
die mit fettigem Ruß befleckt waren.

Nach ein paar Minuten
wurde der Alarm wieder abgeblasen,
und wir kamen aus unserem Versteck hervor.
Die Nacht war durchtränkt mit Düften
und der Himmel voller Sterne.

Die Mainächte gehörten den Liebenden,
mein Gott!

Hinter dem Vorort pfiff der Zug,
es war höchste Zeit.
Ich lief auf den Bahnsteig.
Als ich mich im Zug niederließ,
überfiel mich gleich ein bitteres Gefühl,
daß ich fliehe aus der Stadt,
die ich liebe,
und sie in einer Zeit verlasse,
da ihr Gefahr droht.

Der Bahnhof verschwand jedoch
in der Dunkelheit des Frühlings,
und der Zug fuhr nach Dolany,
wo alles blühte.

## DER SCHLAG

Die Verdunklungen waren schon löchrig,
und das Licht schien durch.
Die Tage tröpfelten langsam dahin
wie Honig von einem Holzlöffel,
und die getreue, aber ungeduldige Hoffnung
rang nach Luft.
Daß doch dieser verfluchte Krieg schon zu Ende wäre!
Dieser Krieg!

Endlich war auch der sechste Winter abgerollt.
Das Gras schlüpfte hurtig
aus seiner Schneewäsche heraus,
die ohnehin nicht mehr ganz sauber war,
und war nackt.

Zur Tagundnachtgleiche,
wenn der astronomische Frühling beginnt,
pflegte ich nach Kralupy zu fahren
zu einem verlassenen Grab.

Alle meine damaligen Bekannten
waren schon lange tot,
nur das Mädchen in jenem Grab
lebte noch.

Sie war die erste, die mir ins Gesicht
die heiße Flamme der Liebe hauchte,
dabei jedoch hartnäckig
ihre morgendliche Schönheit verteidigte,
und ich hatte noch nicht den Mut
zu gewaltsamer Liebe.

Sie starb am ersten Frühlingstag,
sie war neunzehn.
Demütig, still und zart,
scheute sie die Liebe.
Vor dem Tod aber hatte sie keine Angst
und starb tapfer mit einem Lächeln
in den fiebrigen Augen.

Als die Sirenen aufheulten,
stand ich an ihrem Grab.
Und heute weiß ich,
warum ich einen Tag später gekommen war.
Ich sollte dabei sein!

Der Totengräber, Herr Ferdinand Schebro,
rief den Verspäteten etwas zu.
Ein Geschwader der Alliierten näherte sich,
es war gegen Mittag.
Die Sekunden am Handgelenk funkelten,
die Stunde des Schicksals stand bevor.

In der Nähe des Friedhofs
wurde einer der vollen Behälter
der Raffinerie getroffen.
Das Öl loderte hoch,
und der Rauch verhüllte die Stadt.

Glühende Eisensplitter
flogen zwischen die Kreuze,
und, bereits völlig planlos,
fielen neue Bomben in rascher Folge
in den schwarzen Rauch über der Stadt.

Ich wollte aus dem Friedhof fliehen,
aber der Totengräber zwang mich,
zu bleiben
und versteckte sich hinter einem niedrigen Grabstein.
Ich legte mich zu der, die ich geliebt hatte,
und schmiegte meinen Kopf an ihren.
Und die Tote gab mir die Hand.

So liegen wir endlich hier beisammen
wie Liebende
nach einer leidenschaftlichen Umarmung,
und ermüdet von hunderten Küssen
halten wir uns an den Händen.

Aus der Stadt aber ertönten
neue Explosionen, eine nach der anderen,
wie donnernde Schläge
auf mit rotem Flor bedeckte Pauken.
Und der Himmel öffnete mit feurigen Schlüsseln
in den Straßen von Kralupy
einen Krater nach dem anderen.

Das Bombardement dauerte schon eine Stunde
und nahm kein Ende.

Plötzlich hörten die Detonationen auf,
die zerstreuten Flugzeuge formierten sich
und flogen ab Richtung Kladno.
Als man in Kralupy den Alarm abblasen wollte,
gab es keine Sirenen mehr.

Eine Zeitlang blickte ich noch
auf den todbringenden Himmel
und dann erhob ich mich langsam.
Halbtot
wankte ich der halbtoten Stadt entgegen,
das Grauen im Nacken, was ich erblicken werde.

Nur die Kirche mit ihrem stillen Turm
war zwischen den Trümmern stehengeblieben,
unversehrt.
Auf ihren Steinboden trug man die Toten zusammen,
Katholiken, Evangelische und Konfessionslose,
und die Kirche nahm sie alle auf
unter ihrem freundlichen Dach.

Ich weiß nicht, ob ich am Ende sagen darf,
was mir einfiel
beim Anblick der Toten –
es ist shocking.

Sie lagen auf der Erde nebeneinander
wie erlegte Hasen
nach einer erfolgreichen Jagd.

## NIE WIEDER

Hundert Häuser waren dem Erdboden gleichgemacht
und an die tausend beschädigt worden
durch die Fliegerbomben.
Nein, ich selber habe sie nicht gezählt.
Ich zwängte mich durch die frischen Trümmer
und wich den Kratern auf den Straßen aus.
Sie waren bedrohlich
wie unversperrte Pforten zur Hölle.

Man beeilte sich, die Trümmer wegzuräumen,
aber erst am dritten Tag
drang man zu dem Häuschen
in der Schwermagasse durch,
das dem Herrn Hrnčíř gehörte.
Die ganze Familie war tot.

Nur der Hahn, der alte Raufbold,
den der Apostel Petrus nicht sonderlich liebte,
hatte sich als einziger gerettet.
Er stürzte über die Leichen hinweg
und landete auf einem Schutthaufen.

Er ließ seinen Blick
über den Schauplatz des Unglücks schweifen
und spreizte die Flügel,
um von seinen goldenen Federn
den lästigen Staub abzuschütteln.

Und ich sagte still vor mich hin,
was mit der Schrift des Grauens und des Schmerzes
auf den Gesichtern der Menschen von Kralupy
geschrieben war.

Und in die Stille des Todes
stieß ich mit erhobener Stimme einen Schrei,
daß ihn der Krieg hören mußte:
– Nie wieder, Krieg!

Der Hahn fixierte mich
mit seinem bösen schwarzen Auge
und verfiel in ein gräßliches Lachen.
Er lachte mich aus
und mein vergebliches Rufen.

Außerdem war er ein Vogel
und hielt zu den Flugzeugen.
Der Schuft!

## DER RING KÖNIG PŘEMYSL OTTOKARS

Am Telefon erklang eine vertraute Stimme:
– Mach rasch
und schau Dir zuallererst
diesen Ring an.
Jahrhunderte lag er im Staub der Gruft
und ist nicht tot.
Er funkelt bis heute.

Der schwere goldene Ring des Königs
mit einem Topas.
Mit einem gelben und orangefarbenen Topas
wie ein Gewitterhimmel.

Als auf dem rechten Moldauufer
das gotische Gewölbe
die Wände des Klosters zu verbinden begann,
küßte die dankbare Tochter ihrem Vater die Hand
und berührte unwillkürlich mit ihren Lippen
auch seinen königlichen Ring.

Noch heute scheint es mir manchmal
in den Gemäuern des Klosters,
als ob es widerhalle auf dem Steinpflaster
vom leichten Stoßen des Stabes
und dem Schlürfen der Schuhe,
wenn sein seidiger Schatten
zum Sonntagsgottesdienst eilte
und mit seinem Stab
den goldenen Nebel des Paradieses beiseite schob,
wo er sich bereits mit den Engeln traf.

Das Kloster war schon lang zerstört,
als in einem kleinen Haus unweit der Pforte
die kranke Marinka für Macha, den Dichter,
dessen eigene Lieder sang,
und über ihre weiße Stirn in reichen Locken
ihr schwarzes Haar fiel.

Aber auch dieses Häuschen war schon abgetragen,
als ich an der Klostermauer
in der Stunde der Dämmerung
meine ersten Küsse versteckte
vor den Augen der Menschen,
und im welken, staubigen Gras
aufgeregt in die Mädchenaugen blickte,
die überrascht waren von der Berührung der Liebe.

Nein, es ist nicht bloß Berührung,
die Liebe ist ein Schlangenbiß.

Bei der Insel Štvanice rauschte das Wehr,
und ich begann meine ersten Reime zu suchen.
Vielleicht lebt sie noch,
sie könnte mir das bestätigen.
Aber leb wohl,
du trügerische Liebe!
Adieu!

Und schnell weg mit diesen Versen!

Wenn es mir erlaubt wäre,
den königlichen Ring zu berühren,
hätte ich ihn ohne Zögern angesteckt
und mich im Nu überzeugt
von seiner Zauberkraft.

Dreimal hätte ich ihn nach rechts gedreht
und meine Wünsche ausgesprochen.
Als erstes hätte ich an mein Land gedacht,
das schön ist
wie ein im Mai erblühtes Edelreis.

Möglich aber,
daß mir nichts Besseres eingefallen wäre,
als daß die Arbeiter in den Goldgruben bei Jílové
auf eine reiche Ader stoßen sollten.

Aber wozu das Gold!

Es soll in diesem Land das Wort des Dichters
nie zum Gemeinplatz werden.
Und die Schmetterlinge, die ständig weniger werden,
sollen sich auf die frischen Blüten
seiner Lieder setzen.

Und die künftigen Leser von Gedichten,
sie sollen mit den Tränen kämpfen müssen
angesichts ihrer Schönheit!
So wie es F. X. Schalda erging,
als er über Dante las
und seine Verse zitierte.

Leider war zu jener Zeit niemand dort,
der mir den Ring anvertrauen durfte,
den die jugendliche Heilige geküßt hatte.
Der goldene und schwere Ring des Königs
mit dem Topas,
dem gelben und orangefarbenen,
wie ein Gewitterhimmel.
Der Aufseher, der dort die Vitrinen bewachte,
hatte keinen Schlüssel.

## LEBEN SIE WOHL, FRÄULEIN TOYEN!

Über meinen Tisch beim Fenster
huschte der Schatten eines Vogels.
Es war nur ein Augenblick.
Kürzer als ein flüchtiger Kuß
in den Wind geschickt,
und flüchtiger als das Lächeln
des traurigen Fräulein Toyen.

Als Burschen haben wir uns über die Frauen
im geheimen unterhalten.
Unter dem Umschlag des Lateinbuchs
versteckte ich die Reproduktion
von Ingres' „Türkischem Bad".
Irgendwo habe ich gelesen,
die schönsten Frauen der Welt
seien in der Türkei.

Später jedoch hat mich ein Kamerad überzeugt,
daß die entzückendsten doch in Paris sind,
wo bei Tag und Nacht
die eiserne Flamme des Eiffelturms brennt
und sogar die dunklen Blüten
der Liebe und der Liebelei beleuchtet.

Als Paris im Mai
voller Maiglöckchen war,
hatte ich ein Rendezvous
mit einer französischen Studentin
beim Löwen von Belfort.
Sie war blutjung
und sie glaubte, die Liebe sei ein Stück Zucker,
fest eingeklemmt in das Gitter
des Ehekäfigs.

Auf den Boulevards jedoch habe ich
die Pariser Negerinnen gesehen.
Sie glichen den Sommernächten
mit Sternen im Haar.
Ihre Beine waren fest und lang
wie Sonnenblumenstengel.

Ich saß in den Kaffeehäusern
unter gestreiften Plachen,
wo es durchdringend nach Kaffee roch.
Sicher war dann auch später
das Fräulein Toyen dort anzutreffen.

Als sie noch in Prag lebte,
war sie immer traurig,
und alle haben wir sie geliebt.
Manchmal hat sie mir mit Tusche
freizügig nackte Negerinnen
auf rosa Seide gezeichnet.

## FREUNDIN SEHNSUCHT

Für Ota Janeček

Wie oft sehnte ich mich in der Jugend danach,
ein Maler zu sein
und himmlisch schöne Frauen zu malen!
Dabei ringe ich bis ins hohe Alter
mit den Worten.

Ehe mir ein Vers einfällt,
ein einziger Vers,
ehe ich mir die Pfeife anzünden kann,
zeichnet der Maler Ota Janeček
einen entzückenden Mädchenakt.
Das Mädchen hat in den Wimpern
die Krumen der Nacht
und in den Augen das Blau.
Ehe er das Blatt aus dem Block gerissen hat,
bin ich bereits verliebt in sie,
bis über die Ohren.

Wie viele Mädchen und Frauen
hat dieser Maler gezeichnet!
Als ich seine Zeichnungen anschaute,
lachte der Maler.
Ich konnte mich nicht satt sehen
an diesen Schönheiten.

Sie bestehen aus Farben, Düften, Lichtern
und aus Tautropfen,
die auf dem Rand einer Blüte vibrieren,
wenn der Hahn frühmorgens singt
und die Blumen sich öffnen.

Tags darauf schlenderte ich durch Prag.
Alle alten Städte Europas sind doch im Frühling
dreimal so schön.
Es war am späten Nachmittag,
wenn die Straßen schon belebt sind.

Ab und zu blieb ich stehen.
Dieses Gesicht
habe ich doch schon irgendwo gesehen!
Das auch!
Aber ich kann nicht glauben,
daß die Natur einmal
dem Maler über die Schulter geblickt hatte.

Leider kam das Ende des Weges
rasch auf mich zu.
Der Horizont, der den Schritten sonst immer entflieht,
stand mir still.

Und ich verabschiede mich bereits.
Von den Liedern der Vögel am Fenster,
vom Duft der Blumen.
Und ihr geliebten Augen, lebt wohl.
Sie haben mich bis heute durchs Leben begleitet
wie die Sterne.

Wenn ich aber zurückblicke auf mein Leben,
scheint es mir,
daß das eigentlich alles ist,
wofür es sich zu leben lohnte.

## DIE KOLONNADE IN KARLSBAD

Seitdem ich im Telefon dein Weinen hörte,
kann ich schwer an Liebesschwüre
bis zum Tode glauben.

Es gibt keine solche Liebe.
Und früher?
Vielleicht.
Aber deine Tränen kleben nie wieder
das zerbrochene Siegel eitler Versprechen.

Der Sprudel quillt hoch,
Schwall auf Schwall,
und noch heiß fällt er zurück in die Muschel
wie ein verwundeter Vogel
mit gestreckten Flügeln.
Sie sind weiß.

Ein paar Schritte weiter
webt die Kolonnade von Tag zu Tag
aus hunderten Schritten
den Liebreiz der Stunden.

Und ich habe solange die Dichter gelästert,
die von Liebe singen,
bis ich unter der Kolonnade
das Funkeln dieser Augen erblickte.

Ich ging ihnen entgegen,
sie kamen wieder an mir vorbei,
und als ich zurückging,
traf ich sie wieder.
Welch zarte Massage für entzückende Lippen
wären vielleicht Küsse!

Ein Hoch aber auch auf die Liebe,
die nicht länger hält
als der Schnee im April,
wenn die Flamme der Sehnsucht niederbrennt
und die Liebe langsam
an den Gefrierpunkt sinkt.

Nur die Flammen in den Tiefen
brennen ewig
und werden immer das bittere Wasser
der Quellen erwärmen.

So trockne deine Augen
und weine nicht.

## DIE KREUZQUELLE

Wo sind die fröhlichen Zeiten,
als noch die Rosen dufteten
und Walzer getanzt wurde!
Die Welt ist gestürzt,
Hals über Kopf,
und alles mit ihr.
Nur die alte Kolonnade, wohin ich eile,
schimmert bis heute zwischen den Bäumen durch.

Es ist Sommer, und es dämmert schon,
der Mond geht in sein erstes Viertel
und, einer Tapezierernadel gleich,
hängt er duftige Schatten
da und dort
von Baum zu Baum.

Das Bad gehört der Jungfrau Maria.
Wünschen wir es ihr.
Ohnedies ist hier ein Stück vom Paradies.
Die Perlen ihres Rosenkranzes
kommen aus den silbernen Tropfen
der Kreuzquelle,
und sie lächelt den Kurgästen zu.

Vielleicht liebt sie sogar die Dichter.
Jedenfalls wurde Herr Goethe hier geheilt
nach dem dritten Schluck.
Zum Unglück
hat er sich gleich darauf heftig verliebt.

Ich will nicht behaupten,
daß die Liebschaften der Dichter rosig sind,
geschweige denn ihre Ehen.
Bloß schade, daß er uns nicht
dieses mächtige Wort der Liebe verriet,
welches er in der Kutsche
in die seidigen Ohrläppchen
von Fräulein Ulrike geflüstert hatte
unterwegs zum Schwanenteich.

Es hat nicht lange gedauert,
und Seine Exzellenz,
der Herr Geheimrat und Minister,
ist in Weimar gestorben.
Ulrike aber hielt an die hundert Jahre
seiner Liebe die Treue.

Selbst die große Liebe erlischt einmal,
doch kein Gewitter der Welt
kann ihre lichten Spuren verwaschen.
Es erhebt sich jedoch über ihnen
eine traurige Stille,
wie wenn Bienen sterben.

Manchmal komme ich zu diesen Plätzen zurück.
Ich bin schon alt.

Wenn ich für eine Weile die Augen schlösse,
würde ich vielleicht noch sehen,
wie Herr Goethe die Stufen hinaufschreitet
zu der Wunderquelle,
die noch so wie damals murmelt
in ihrem Becken.

* Ich kam, um zu fragen,
wen ich zuerst rufen sollte,
den Tod oder das Leben,
und wo ich wenigstens für eine Weile
das Bündel meiner Sorgen
und ein Büschel wertloser Hoffnungen
ablegen könnte.

Die Liebschaften, die ich im Leben hatte,
sind versöhnt.
Nur von jener letzten
fällt auf mich noch goldener Blütenstaub
wie von Lilien.

* Beginn des Autographs auf Seite 51.

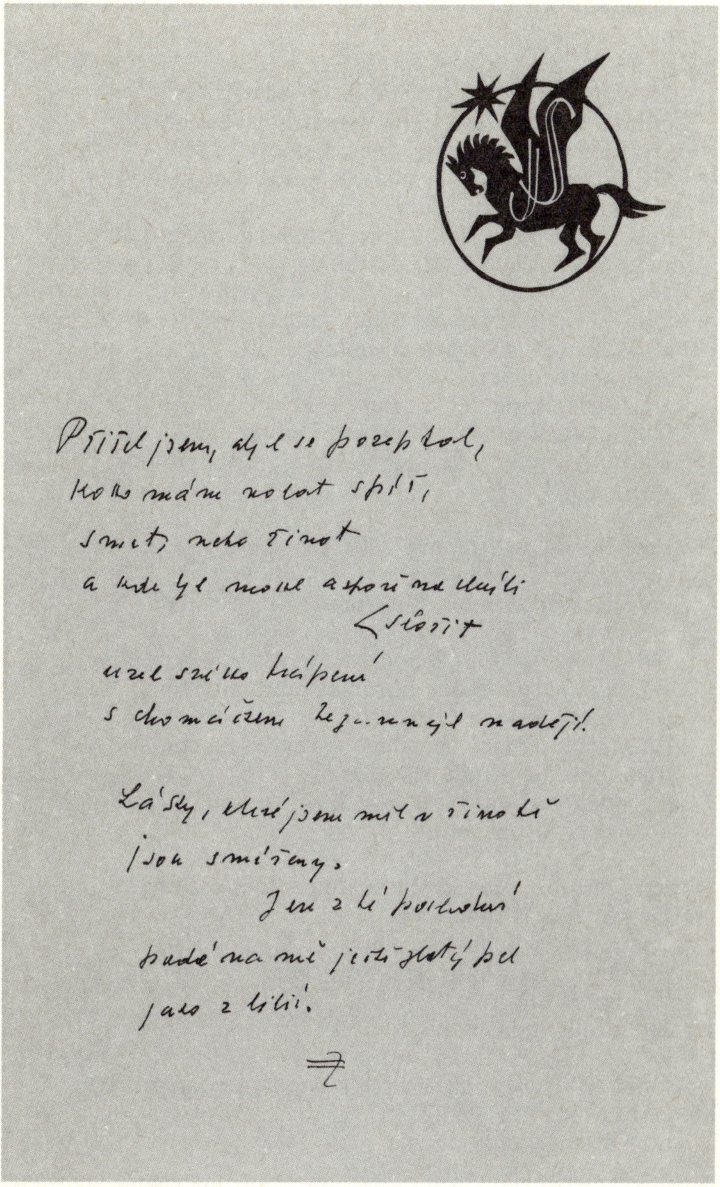

Přišel jsem, abych se pozeptal,
koho mám volat spíš,
smrt, nebo život
a kde bych mohl aspoň na chvíli
složit
uzel svého trápení
s chomáčkem bezmocných nadějí.

Lásky, které jsem měl v životě
jsou smířeny.
Jen z té poslední
padá na mě ještě zlatý pel
jako z lilií.

## DAS BACHKONZERT

Ich konnte nie lang schlafen in der Früh,
immer weckten mich die ersten Straßenbahnen
und oft auch meine eigenen Verse.
Sie zogen mich an den Haaren aus den Federn,
zerrten mich zum Stuhl,
und kaum hatte ich mir die Augen gerieben,
zwangen sie mich, zu schreiben.

Den Lippen des einen Augenblicks
mit süßem Speichel verbunden,
dachte ich nicht
an das Heil meiner armen Seele.
Und anstatt nach der ewigen Seligkeit
sehnte ich mich nach einer kurzen Spanne
flüchtiger Lust.

Vergeblich wollten mich die Glocken
von der Erde erheben,
ich klammerte mich mit Händen und Füßen
an ihr fest.
Sie war voller Düfte und erregender Geheimnisse.
Wenn ich nachts den Himmel betrachtete,
suchte ich keinen Himmel.
Eher schreckten mich die schwarzen Löcher
irgendwo am Ende des Alls,
die noch viel entsetzlicher sind
als die Hölle selbst.

Ich vernahm jedoch die Klänge eines Cembalos.
Es war das Konzert
von Johann Sebastian Bach
für Oboe, Cembalo und Streicher.
Woher es erklang, weiß ich nicht.
Jedenfalls nicht von der Erde.

Obwohl ich keinen Tropfen Wein getrunken hatte,
wankte ich ein wenig
und mußte mich stützen
an meinem eigenen Schatten.

## NÄCHTLICHES DIVERTIMENTO

Für Jan Hanuš

### ALLEGRO NON TANTO

Es dämmert schon. Aber mach kein Licht,
ich liebe deine Augen in der Dunkelheit.
Sag mir, was ist mit Wien?

Verkaufen sie noch immer auf dem Markt
ihre Büscherl Lavendel,
jenen süßen Duft verflossener Liebe
von der Neige des Jahrtausends?
Meine Mutter hat sie immer
in den Wäscheschrank gelegt
gegen die Motten.

Und tanzt man noch immer in Wien
bis die Luster wackeln?

Und was ist mit den Frauen?
Die schönen Wienerinnen –
nähern sie noch immer ihren Mund
so hingebungsvoll und zärtlich,
um dann den Stachel der Liebe
umso tiefer zu stoßen
geradewegs ins Herz?

Aber was sage ich –
schließlich geschieht das alles
häufig auch bei uns.
Du glaubst es nicht?
Mir ist es selbst so ergangen,
sogar im Nachtexpress
Prag – Berlin.

Und was ist mit den Wienern?
Ahnen sie noch immer nicht,
wo sie so schändlich verscharrten
ihren Amadeus,
diesen Engel der Musik unter Engeln,
den vordersten Sänger
auf den Stufen zu Gottes Thron?

Und schämen sie sich noch immer ein wenig
im Angesicht der Welt?
– Ich weiß es nicht. Mag sein!

Und ist es noch immer so, daß man
um zwei oder drei Lächeln besser lebt in Wien
als irgendwo sonst im alten Österreich?
Und ist Wien noch immer so sammetweich wie früher?
– Das ist vorbei!

## ADAGIO

Glaubst Du an Träume?
– Schon lang nicht mehr.
Auch ich bin aus meinem Schlaf erwacht
und stehe mit beiden Beinen
auf der Erde.
Und doch!

Was ist eigentlich mit deinem Traumbuch,
das du zum Andenken bekommen hast?
– Es ist schon lange her, daß ich es
zum letzten Mal aufschlug.
Ich habe im Leben nichts gewonnen
als Trauer.
Dazu ein paar Tränen.
Und doch!

Aber was sagen die Dichter dazu?
– Die lügen bloß!
Ich habe so einen gekannt.
Dem hat nie etwas geträumt,
er schlief gewöhnlich wie ein Stein.
Wenn er jedoch des Morgens erwachte
und in seine Pantoffel schlüpfte,
erzählte er die wunderschönsten Träume.

Ich selbst schlafe ziemlich schlecht,
aber beim Einschlafen gelange ich häufig
in eine wundersame Welt.

Zuweilen plagen mich schwere Alpträume,
und im besten Fall komme ich
mit kleinen Unannehmlichkeiten davon.
Noch nie hat mir etwa geträumt,
daß ich unter Rosen gewandelt wäre.
Und doch!

Und doch verdanke ich der Nacht
jene seltenen Male,
da ich in ihrer Stille und Finsternis
mit den Toten zusammentreffe,
die ich im Leben geliebt.

Geschehen doch auch bei uns
manchmal noch Wunder!

Weiß Gott, woher die Toten kommen,
es liegt kein Tod jetzt
zwischen mir und ihnen mehr.
Im Nu verschwinden sie jedoch schon wieder,
weiß Gott, wohin.
Vergeblich ruf ich ihnen nach.

Und wiederum ist unter uns
der Tod.

## TEMPO DI MINUETTO

Und dennoch hatte ich heute
einen schönen Traum.
Mitten in der Nacht klopfte jemand
so leise,
als ob meine Tür nicht aus Holz wäre
sondern aus stummer Watte.
Trotzdem erwachte ich,
und der Gast trat ein.

Kennst du die Hochzeit des Figaro?
– Natürlich.
Das war Cherubin!

Du weißt doch sicher, daß diese Gestalt
bei Mozart eine Mädchenrolle ist.
Und die Kostümbildnerinnen in der Oper
haben immer ihre liebe Not,
die Mädchenbrüste in die Knabenweste
so zu verschnüren,
daß ihre Weiblichkeit
möglichst versteckt sei.

Herr Graf Almaviva hat nichts bemerkt,
aber ich kann mich an jedem Detail ergötzen.
Auch wenn ich manchmal befürchte,
daß die Verschnürung platzt beim Singen,
oder wenn die Sängerin gerade einmal
tief Atem holt.

Und Cherubin
hat sich in meinen Fauteuil zu mir gesetzt
auf einen Polster aus Trevira,
so leicht wie ein Schmetterling
auf einer Seidenblume.
Eine Puderwolke
kitzelte mich in der Nase.

Schwöre, sagte er,
und beugte sich ganz an mein Ohr,
um dann im Pianissimo zu flüstern:
Schwöre, daß du kein Wort verrätst
von dem, was ich dir anvertraue.

Ich habe willig geschworen,
und im selben Augenblick
war mir klar,
daß dies ein Meineid war.

Alle Welt glaubte,
daß man den toten Mozart
auf einem Wiener Friedhof
in einem Armengrab verscharrte.

Prag aber liebte ihn.
Und so liegt jener Mann, dessen Musik
unter die Dächer dieser Stadt gedrungen ist,
und der hier einmal glücklich war,
und noch glücklicher,
als er zum zweiten Mal ihre Schwelle übertrat –
so liegt Mozart hier auch begraben!

Zum Glück geschehen sogar bei uns
ab und zu noch Wunder.

Mozart ruht nicht im leichtlebigen Wien.
Sein Grab ist in Prag,
am Hang des Laurenzibergs.

Das Grab ist schon halb eingesunken.
Aber lang ist es her,
und keiner weiß davon.
Zu seinen Häupten steht an Stelle eines Kreuzes
ein Jasminstrauch,
und immer gibt es frische Veilchen auf dem Grab.
Und das Gras ringsum ist besprengt
mit Gold.

## ALLEGRO CON SPIRITO

Die letzten Worte hatte ich nicht mehr gehört,
und ich öffnete die Augen.
Ich schloß sie aber gleich wieder fest,
damit sich der Traum fortsetze.
Aber umsonst.
Cherubin kam nicht wieder.

Früh am Morgen war ich auf den Beinen
und eilte auf den Laurenziberg.
Alle Vögel waren schon wach,
um ihr Lied zu singen,
bevor die Menschen kamen.
Auf den Bänken aber war der Morgentau
noch unberührt.

Ich habe das Grab leicht gefunden,
den Veilchen nach.
Jene goldenen Tautropfen
gehörten den armen Himmelschlüsseln.

Mit den Fingerspitzen berührte ich das Gras
und machte drei Kreuze,
wie das bei uns der Brauch ist,
wenn wir einen Toten begrüßen
und ihm etwas sagen wollen.

Ich weiß jetzt, warum gerade dort
auf jener Bank die Liebenden so gerne sitzen,
und warum die Vögel an dieser Stelle
so jubelnd singen.

Unten erwachte schon Prag.
Mozart hat sie geliebt, diese Stadt.
Und wie die schöne Lori dem Dichter Macha,
so liegt auch Prag
Mozart zu Füßen.

## DER VEILCHENREGEN

Erst der dritte Schluck,
jener tiefste,
fegte mir von der Zunge
die unbarmherzige Bitterkeit der Medizin,
und die freudige Sicherheit des Weines
breitete sich aus in meinem Blut
wie ein Licht.

Mit der Stirn in den Händen
und den Ellbogen auf den Schreibtisch gestützt,
rufe ich die lockende Umarmung
und die Lippen derer,
die ich im Leben traf.
In einem solchen Augenblick beschließe ich,
daß aus dieser stillen Welt,
die keine lebende Seele ahnt
und die nur mir gehört,
mich niemand herausreißen oder hervorlocken soll!
Höchstens der Tod.

Wenn am Laurenziberg nachts der Schnee fällt,
erblickt der Dichter Macha frühmorgens
einen Strauß schneeweißer Rosen,
umhüllt von einem Liebesschleier.
Der Flieder aus Bronze gehört dem Dichter,
der Strauß aber seiner Geliebten.
Arme Lori!

Auch vor uns brannte die schwere Zeit,
und qualmte schwarz.
Es herrschte die Finsternis,
und das Leben dröhnte dunkel
wie ein unterirdischer Zug.
Die Nachtigall sang, es tosten die Kriege,
und im Winter fiel der Schnee.

Aber die Sehnsucht kennt kein Ende.
Ich betrachte noch manches Mal
die weißen Schneeblüten,
die den geliebten Augen
und den süßen Lippen gehören.
Die Blüten schmelzen jedoch zu früh dahin
und die Tränen fallen zur Erde.
Dem Tod aber widersetze ich mich
und halte mich an meiner Tischplatte fest,
wie die Passagiere an Bord der Titanik
sich krampfhaft an die Reling klammerten,
als das Schiff sank.

Und wie im Traum höre ich noch
den Veilchenregen.

## ASCHERMITTWOCH

Wer einmal auf unserem Friedhof am Hang gewesen ist,
kommt versöhnt zurück.
Er grenzt an den Klostergarten,
wo die Zeit schon stillsteht.
Der Dichter Zeyer liebte ihn.

Auf dem Friedhof überraschte ich einmal
sogar einen Bienenschwarm.
Er hing auf dem erhobenen rechten Arm eines Engels,
dessen Finger zum Himmel wies.
Der Schwarm summte leise,
wie wenn František Tichy
manchmal beim Wein auf dem Kamm spielte
und sich dabei nicht stören ließ.

Welch ein Totentanz!
Welch ein Grauen!
Ich habe dort einige Freunde,
und der Maler Tichy ist auch unter ihnen.

Schon jahrelang schlägt mir an der Wand
eine alte Uhr
und blickt zurück auf die Zeit
meines Lebens,
welches so schwindelerregend dahineilt.
Beim Schlagen schluckt sie immer.

Doch dieser Vorfrühlingstag
mit dem Aschenkreuz
erinnert immer an das traurige Ende
von allem
und an den bangen Abschied von allem.

Eher zufällig
öffnete ich zu Hause meinen Kleiderschrank.
Es hängen dort einige Anzüge.
Eitel war ich nie,
und schon lange habe ich dort einen neuen Anzug.
Er ist aus bestem englischen Tuch,
Salz und Pfeffer,
und ich trug ihn noch nie.

Vielleicht sollte ich sogar
jenen leeren Ärmeln die Hand reichen,
sie freundschaftlich schütteln
und ihnen Lebewohl sagen.

Und diese Unzahl von Krawatten!
In den letzten Jahren schickt sie mir immer
Frau Martha Hodgkiss aus London.
Sie sind aus feinem Polyester
und pastellfarben.

Und, daß ich nicht vergesse.
Schon längere Zeit trage ich
einige zärtliche Gedichte mit mir herum
über Mädchen, Schwalben und über die Rosen
der süßen Liebe.

Es sind wenige Dinge in unserem Leben,
die ein Lied verdienen.
Diese Lieder werde ich aber
vielleicht nicht mehr schreiben,
und wenn die Zeit kommt,
nehme ich sie mit.

## MIT EINEM DIADEM VON VERSEN

Mein ganzes Leben liebte ich
die irdische Liebe.
Die mit den begierigen Händen,
die mit dem Duft der heißen Haut,
die mit den locker ins Haar geflochtenen
roten Blumen.

Ihr Himmel, zürnt mir nicht,
andere Höhen habe ich nicht erreicht.

Auch der Dichter des „Siegelringes“
schätzte die Frauen
bis zum letzten Atemzug.
Wenn ich ihn aber gefragt hätte,
wen er wirklich liebe,
hätte er ohne zu zögern sicher gesagt:
meine Muttersprache.

Er sprach von ihr mit erregten Worten,
wie man von Frauen spricht,
und kannte sie genau.
Ihre Rauhheit und ihre delikaten Feinheiten,
wenn sie zu singen beginnt,
ihre Zärtlichkeit,
angehaucht durch die Münder derer,
an die man in Liebe denkt,
und auch den Moment, wenn sie nackt erscheint
wie die Göttin
mit dem Diadem aus Versen von Vrchlicky,
wenn Nichterzittern, Nichtverstummen
und Nichtzuhören
Sünde wäre.

Wie viele solcher Sünden sind doch auf der Welt,
und wir beachten sie nicht!

An einem düsteren Tag,
als sich das Grau des Himmels schon lockerte
und die Wintersterne dem Auge nahe kamen,
bereitete sich der Dichter ein Nachtmahl.
Er legte sein Brot auf den Tisch
mit der weißen Rinde nach oben.

Um Gottes willen, würde die Mutter klagen,
wenn sie das verkehrt liegende Brot sähe.
Es wird etwas Trauriges passieren.
Und sie würde das beleidigte Brot rasch umdrehen
und es mit einem Kreuz segnen.

Wenig später starb der Dichter,
er wurde von einem Wagen auf das nasse Pflaster
zwischen die Geleise der Straßenbahn gestoßen.
Nur eine Vogelfeder
fällt langsam zu Boden
und tanzt noch dazu.

Er starb tragisch wie Emil Verhaeren,
der Dichter von „La multiple splendeur".
Aber der Dichter seines Herzens
war er nie.

## HOMMAGE FÜR VLADIMIR HOLAN

Es gibt Momente, wo wir in Gedanken
sogar die Toten beneiden.
Als ob ihr ewiges Nichtsein
nur ein Ausruhen wäre
in sanfter Gelassenheit und Schmerzlosigkeit
in einem Winkel still welkender Blumen.

Doch schon der leiseste Hauch der Lust,
ganz gleich welcher Art –
und wir kehren willig zurück
zur Mühsal unseres Alltags.

Ich habe alle Dichter meiner Generation
überlebt.
Sie waren alle meine Freunde.
Als letzter starb Vladimir Holan.
Wie sollte mir nicht bang sein,
ich bin allein.

Der erste war Jiří Wolker,
er war jung und hatte es immer eilig.
Ach, diese unglücklichen Küsse
auf die fiebrigen Lippen
der tuberkulosekranken Mädchen
im Sanatorium am Meer.

Einige Jahre später stirbt Jindřich Hořejší,
er war der Älteste von uns.
Seine Verse schrieb er im überfüllten Café
auf einem runden Tisch,
wie ein Soldat nach der Schlacht
die Briefe an seine Liebste
auf einer umgestürzten Trommel.

Josef Hora war der einzige,
der F. X. Schalda duzen durfte.
Gehen Sie nur in seinen Obstgarten,
wenn die Apfelbäume blühen.
Ihre rührenden Blüten duften in der Sonne
nach bitteren Mandeln.

Leb wohl sagte uns auch nicht František Halas,
der geliebte Freund.
Er wollte den Menschen seine Verse
in die Ohren krächzen,
aber manchmal ließ er davon ab
und er sang.

Mit einer jähen Geste und plötzlich
trat Konstantin Biebl ab.
Er hatte wahrscheinlich Sehnsucht
nach der Zärtlichkeit der Javanerinnen,
die lebendigen Blumen gleichen
und leise auf Zehenspitzen gehen.

Vítězslav Nezval lästerte den Tod,
und der rächte sich.
Als er unerwartet zu Ostern starb,
wie er es selber vorausgesagt hatte,
brach einer der starken Äste
vom Baum der Poesie.

František Hrubín war der Tod
nicht einmal einen Seufzer wert.
Anfangs ahnte ich nicht, wo er
die Kantilenen seiner Verse entdeckte,
und dabei belauschte er nur das lächelnde Wasser
am Wehr der Sazava.

Holan starb lange.
Der Hörer fiel mir öfter aus der Hand.
In diesem verdammten Vogelkäfig Böhmen
schleuderte er seine Gedichte mit Verachtung um sich
wie blutige Fleischstücke.
Die Vögel aber hatten Angst.

Der Tod verlangte von ihm Demut,
die Demut aber kannte er nicht,
und er kämpfte bis zum letzten Augenblick
wütend mit dem Tod.

Der Engel, der ihm seine Hände hob,
als er zusammensank,
saß an seinem Bett
und weinte.

## PRAGER TRIPTYCHON

### FRÜHLINGSTAUMEL

Mit dem Hut in der Hand
gehe ich in den Gäßchen von Prag
und berühre ihre Steine.
Sie sind derb,
aber der Dichter hat sie geküßt.

Mein ganzes Leben habe ich diese Stadt geliebt,
wie alle unsere Dichter
sie liebten.
Vielleicht umso mehr,
weil ich unglücklich war.

Oft hat sie mich nicht schlafen lassen.
Ich irrte durch die dunklen Winkel
und streichelte die seidige Dunkelheit
der lockenden Nächte.
Sie dufteten nach Frauenhaar
und süßem Jasmin.

Man schrieb das tausendeinhundert-
einundachtzigste Jahr.
Wie schnell mir dieses Leben davonlief!
Zu den Gedichten über diese Stadt,
die ich so gerne schrieb,
noch ein paar Strophen.

Die zerreiße ich jedoch nicht,
wie ich das manches Mal tat,
um mit ihnen die hungrigen Rachen der Wasserspeier
auf dem Sims der Kathedrale
zu füttern.
Meine Zeit geht zur Neige.
Es ist spät!
Es sind schon die letzten.

## PRAG IM TRAUM

Ich weiß nicht mehr, in welchem Jahr es war,
ich ließ Paris stehen. –
Diese Stadt traf ja nicht zum ersten Mal ein Fluch.
Ich zog den Riemen meines Gepäcks enger
und eilte heimwärts.
Ich hatte Heimweh nach Prag,
und ich blieb dort bis zum Tod.

Prag lächelte mir entgegen,
und ich erzitterte
wie ein Verliebter, der seine Liebste erblickt
und ihre Umarmung nicht erwarten kann.
Am Novotny-Steg
verdrehte mir das alte Wehr den Kopf.
Ich lauschte seinem Brausen
wie einem Liebeslied.
Mozart hat es nicht aufgeschrieben,
es ist nicht im Köchelverzeichnis –
das Wasser hat es erdacht,
als es die Ufer des Landes umspülte.

In der Nacht fiel ein Katarakt von Sternen
auf die schlafende Stadt.

Irgendwer blickte mir jedoch über die Schulter
und befahl jemandem ein wenig verächtlich:
– Geben Sie ihm eine Laute,
daß er zu singen versucht!

Die Jahre waren trüb und schwer,
aber unter dem Grau des Alltags
blitzten große Schicksale durch.
Sie loderten hoch und verloschen
inmitten von weinenden Augen.

Ich bin dann mit den Toten
auf der Karlsbrücke gegangen,
auf die schweigsame Kampa,
zu den Mühlrädern auf der Čertovka.
Sie drehen sich leer
und mahlen die tote Stille.

Vieles, was ich vom Tod weiß,
sagte mir Vladimir Holan
erst nach seinem Begräbnis.
Er wohnte ein paar Schritte von hier
und er war mit dem Tod gut bekannt.
Der ist überall.

Indessen läuft mir das Leben schneller davon
als der flüchtige Äther
aus einer zerbrochenen Flasche. Nun also!
Ich habe Depressionen
wie alte Menschen auch sonst,
und in der Nacht plagen mich oft
Angstträume.

Aus ihren phantastischen Formen
und unbestimmten Farben
schwingt sich plötzlich die Stadt empor,
traurig und düster,
umzingelt von den Kiefern der Siedlungen.
Sie sind wie ein Gebiß,
und zwischendurch ragen drohend die Fangzähne
der Hochhäuser auf.

In jener Nacht träumte mir,
daß sie Prag von allen Seiten einkesselten
und gegen die Stadtmitte vorrückten.
Sie wollen die Hungermauer verschlingen
und auch die Kastanienbäume auf den Straßen,
sie wollen sich in den saftigen Rasen
und in die Blumenbeete verbeißen.

Schade um die freundlichen Wege,
wo die Liebespaare gehen
und flüstern und schwärmen.
Die grauen Staubwolken
setzen sich auf das frische Grün,
und die alten Magnolien in voller Blüte
ächzen leise.

Als sie aber mit dem Sprengen
und der raschen Demontage
des alten Aussichtsturmes
auf dem Laurenziberg begannen,
kniff ich fest die Augen zu.
Er war der Freund meiner Geliebten.

Ich hätte sie aber lieber nicht öffnen sollen!
Als sich dann die erste Straße
bis zum Grab von Smetana
auf dem Friedhof am Vyšehrad anschlich,
flogen mit einem Schmerzensschrei die Hähne
vom Dach des Domes auf
und fielen irgendwo am Flußufer
in die Büsche.

Aus jedem Traum erwacht der Schlafende wieder,
nur aus diesem nicht.
Umsonst heulen die Sirenen,
umsonst entzündete sich die Morgenröte
und breitete sich auf dem Himmel aus
wie eine Blutlache
nach einem Verkehrsunfall.

Schließlich bemerkte ich noch,
daß auf der Oberfläche des Flusses tote Fische treiben
und das Wasser schwarz ist
wie zur Stunde des Jüngsten Gerichts.

## AM NOVOTNY-STEG

Es sind schon hundert Jahre
oder nur ein paar weniger,
daß ich zum ersten Mal dorthin kam.
Es war eine Offenbarung!
Eine Weile hielt ich den Atem an.
Vom Ufer dufteten die Akazien.

Nicht nur die hübschen Schauspielerinnen,
auch ich alterte ungern.
Ich fürchte die Hilflosigkeit
und habe Angst vor dem Abschied.

Ich weiß,
das Leben ist ein ständiges Lebewohl.
Die Vögel kennen es nicht,
auf einem beliebigen Zweig
singen sie, was ihnen gerade einfällt,
und sind glücklich.

Bekränzt mit lebendigen Schaumkronen
tost das Wehr noch immer,
Welle auf Welle rollt ab
wie ein Film,
der nur von der Liebe erzählt
und daher nie endet.

Schon einmal, von Glanz bestrahlt,
entstand aus feinem Schaum
die Schönheit des weiblichen Körpers.
Ich wollte der Dichter der tschechischen Frauen sein.
Ich flocht ihnen ins Haar
die Mandorla der Weiblichkeit
und schluchzte vor Lust.
Ich küßte den Frauen die Füße.
Von diesem Liebesmythos
zehrte ich das ganze Leben.

Aber oft schaukelte nur das traurige Treibeis
wie die Fetzen eines trüben Schleiers
auf dem Wasser
am Eisbrecher vorbei
unter die schweren Bögen der Brücke.

Prag aber verschlinge ich mit den Augen
bis heute.
Wenn ich nach Hause komme,
öffne ich nur zögernd die Tür.
Ich kann meine Augen nicht losreißen
von seinen rauchgeschwärzten Dächern.

Ich schlucke den würgenden Smog
und denke an seine Gärten.
Sie sind vornehm
und waren noch schöner,
als man nur von draußen und durch die Gitter
hineinschauen durfte.

Heute, und gerade jetzt,
halte ich mich am Geländer über dem Wehr
und drücke es fest,
bis ich ein Brennen verspüre.
Wie könnte ich aus dem kalten Metall
eine heiße Träne pressen.

## BLICK VON DER KARLSBRÜCKE

Es hat schon lange aufgehört zu regnen.
In einer mährischen Wallfahrtskirche,
wo ich mich vor einem Gewitter versteckte,
wurde ein Marienlied gesungen,
das mich nicht losließ.
Ich kannte es von zu Hause.

Der Priester kniete bereits auf den Stufen
und verließ den Altar,
die Orgel beendete seufzend ihr Spiel,
aber die Schar der Wallfahrer bewegte sich nicht.
Erst nach einer Weile erhoben sich die Knienden,
und singend gingen alle,
ohne sich umzudrehen,
rückwärts zum offenen Portal.

Nie wieder bin ich dort hingekommen,
und nie wieder stand ich
unter den Kronen der Linden,
wo sich die weißen Fahnen schlängelten
unter dem Summen der Bienen.
Ich habe stets Sehnsucht nach Prag,
auch wenn ich nur kurze Zeit
außerhalb seiner Mauern war.

Tag für Tag schaue ich dankbar
auf die Prager Burg und ihre Kathedrale
und kann nicht die Augen abwenden
von diesem Bild.
Sie ist mein, diese Stadt,
und ich glaube auch, daß sie wunderbar ist.

Sie hat mir zum mindesten mein Schicksal bestimmt.
Und wenn die Dämmerung
in die Prager Fenster sinkt
mit den Sternen im durchsichtigen Dunkel,
horche ich immer auf ihre alte Stimme
und höre Verse.

Wenn diese Stimme nicht wäre, würde ich schweigen
wie der Vogel,
den man Kiwi nennt.

Es gibt Tage, da die Burg und ihre Kathedrale
düster erhaben sind,
und es scheint dann,
als ob sie aus traurigem Gestein,
das man vom Mond gebracht hat,
erbaut wären.

Gleich danach aber sind die Türme von Prag
umwoben mit Kränzen aus Sonnenstrahlen
und Rosen,
und aus dem süßen Trug,
aus dem auch die Liebe geflochten ist.

Meine leichtsinnigen Schritte in den Gassen,
meine rosigen Abenteuer
und Liebschaften und alles andere
sind bestreut mit leichter Asche,
wenn die Zeit verbrennt.

Einige Schritte vom Königsweg
war ein dunkler Winkel,
wo sich abends den Passanten
zerzauste Dirnen zeigten
und in ihren toten Schoß
junge, unerfahrene Burschen lockten,
wie ich einer war.
Heute ist es dort still.
Von den Giebeln der Dächer
spuken dort nur noch
die Fernsehantennen.

Sooft ich das Pflaster
der Karlsbrücke betrete,
muß ich an die Pilger
in der Wallfahrtskirche denken.

Welch ein Glück,
über diese Brücke zu gehen!
Auch wenn ich das Bild oft verglast habe
mit meinen eigenen Tränen.

**Dr. Hermann Buchner,**

geboren 1941 in Temesvar. Die Mutter aus dem Banat, der Vater aus dem Egerland. Seit 1944 in Eggenburg (Niederösterreich). Ausbildung zum Klavierbauer, Abendmatura, Studien in Germanistik, Geschichte, Anglistik und Slavistik. Sachbücher über Science-Fiction und andere Wissensgebiete in der Sowjetunion, Übersetzungen zeitgenössischer russischer utopischer Romane, Übersetzungen aus dem Englischen; letzter Lyrikband „Auf ana rosarotn Geign“. Studium auf der Wiener Musikhochschule, Gründung des Ensembles für alte Musik „Niederösterreichische Spielleute“.

**Irena Ráček,**

Malerin, Jahrgang 1948. Kindheit und Studium in der Tschechoslowakei, zuletzt in Brünn. 1968 Übersiedlung nach Österreich und seit 1979 in Sitzendorf an der Schmida im Passhaus. Kinderbücher für Verlage in Österreich, der Schweiz, der Bundesrepublik Deutschland und Japan. Ausstellungen u. a. in der Bundesrepublik Deutschland, Italien und Japan.